宁夏诗歌学会丛书

贺兰山的草帽

刘中 著

诗人浪迹天涯
一片屈原的羽毛
另一片荷马的羽毛
插在他们的笔端
精神的草帽　或
我刻意赞颂的这顶草帽
都是纯洁的灵魂所系
草帽的知音
十步之内　必有芳草

黄河出版传媒集团
宁夏人民出版社

图书在版编目（CIP）数据

贺兰山的草帽 / 刘中著. —银川 ： 宁夏人民出版社，2016.10
（宁夏诗歌学会丛书 / 杨梓主编）
ISBN 978-7-227-06464-0

Ⅰ.①贺… Ⅱ.①刘… Ⅲ.①诗集—中国—当代 Ⅳ.①I227

中国版本图书馆CIP数据核字（2016）第255822号

贺兰山的草帽 刘 中 著

责任编辑 陈 晶
封面设计 伊 青
责任印制 肖 艳

黄河出版传媒集团
宁夏人民出版社 出版发行

出 版 人 王杨宝
地 址 宁夏银川市北京东路139号出版大厦（750001）
网 址 http://www.nxpph.com http://www.yrpubm.com
网上书店 http://shop126547358.taobao.com http://www.hh-book.com
电子信箱 nxrmcbs@126.com renminshe@yrpubm.com
邮购电话 0951-5019391 5052104
经 销 全国新华书店
印刷装订 宁夏精捷彩色印务有限公司
印刷委托书号 （宁）0003104

开本 889mm×1194mm 1/32
印张 4.5 字数 140千字
版次 2016年10月第1版
印次 2016年10月第1次印刷
书号 ISBN 978-7-227-06464-0/I·1673
定价 25.00元

序：真诚的言说

张　铎

一

在我的印象中，刘中待人十分真诚。

记得初次见面，我们在宁夏教育学院门口照了一张相，留作纪念。几天前，我问他照片还在否？他说在。而我的那张却不知放到哪儿去了。那时刘中还在宁夏大学上学，头发长长的，个头很高，挺潇洒。由于喜欢他的诗，后来我便写了一篇读后感，以他的一首诗的题目为名发表了，没想到竟成了我平生第一篇获奖的文章。

在宁夏诗坛，刘中的名字曾很响亮。那时，他的作品大量发表于《星星》《飞天》《诗歌报月刊》《当代诗歌》《宁夏日报》《六盘山》等报刊，这在宁夏的青年诗人中是比较少见的。尤其是《朔方》《宁夏青年报》等报刊，大篇幅集中推出刘中的诗作，在当时产生了轰动效应。进入 20 世纪 90 年代后期，刘中愈写愈少，但同代诗人都知道，刘中是宁夏一位颇有成就的实力诗人。

最近，刘中终于从已发表的数百首诗作中，选取 90 首诗结集出版，名为“贺兰山的草帽”。浏览了诗集的电子版后，我感觉作者选得太少，我曾读过的一些优秀作品没有入选。由此看来，作者不光对于阅读“秉持着谨慎和克制的态度”，对于创作也是一样“谨慎和克制”。

二

众所周知，20 世纪 80 年代，标榜流派是诗坛的时髦，但刘中除了在宁夏大学做过一段时间“朔风诗社”的社长，毕业之后，就一头扎进六盘山区，当了一名普通的中学语文教师，自此很少与诗歌群落联系。刘中从 17 岁开始发表作品，迄今虽说几十年了，但真正的创作大概也就十几年。比起那些为写诗而写诗的人，刘中可谓是真正的有感而发。有感就写，无感就罢。他从来不依靠诗歌之外的东西来博取诗人的名声。他自始至终安静地生活，安静地写作，没有发表过有关诗的宏论或宣言。作为长期关注他的一位忠实的读者，我直到现在都没有发现，他写过一篇关于诗歌的理论文章。刘中是那种只用诗作说话的诗人。窃以为，这才是一个诗人的本分，是一个诗人之所以存在的本质意义。

从这部集子可以看出，刘中的诗歌创作，大致可分为“两山一园”三个部分，即贺兰山系列、六盘山系列和校园系列。每个系列虽说各有特点，但贯穿始终的大都是对现实生活的一种即刻反映，有一种现场感，鲜有回忆和憧憬。作为一个长期生活在贺兰山下，又从大学校园走出，供职于六盘山区和银川市的诗人，刘中的诗有一种扎实的写作背景，以及对万事万物强烈关注和表现的情怀。

“在躲雨的地方 / 我看见一只迷路的青羊 / 两只蘑菇正在它的头上疯长”（《贺兰山秋雨》）。

这是一种奇妙的现场感受，是对事物的直观，它仿佛心灵之弦被神秘之手轻微触动而又颤动，呈现出静中有动的状态。不易觉察，又稍纵即逝。只有内心宁静并拥有敏锐感官的人，才能从日常生活中迅速捕捉到这种景象。而当诗人发现这种细小的事物都被神灵所眷顾时，那种充盈的生命感觉就变得那么美好。这不仅仅是对造物主的敬畏、感恩和赞许。王维诗云：“返景入深林，复照青苔上。”由于对事物的直观，强调的是一瞬间的发现和感悟，在这一点上，刘中可以说深得古典诗歌的神韵。

三

当下，日常生活是诗歌界最为关注的对象，但诗人把握并表达日常生活的能力却并不都是那么靠谱。有些所谓生活化的诗歌，常常是刻意制造出来的。目前不少诗人的创作依赖于某种先验理念，失去了古人对普遍存在事物的差异的敏感性，以及对细节的捕捉能力。如“草色遥看近却无”（韩愈），“野旷天低树，江清月近人”（孟浩然）等。而刘中笔下的日常生活经验表现出与众不同的特质，诗人个人直接面对世界而生成情感，与任何观念无关。事实上，关注日常生活，比关注那些空洞的概念更为困难。因为关注日常生活，就得放低身段，注意日常生活及其细小的事物，并从中发现诗意，领略美妙，至此，事物真正存在的意义才会显露出来。相比之下，那些依靠某种观念的需要而建立起来的“日常生活”的概念，以及掉书袋式的写作，就显得特别的苍白，了无生机。

“汽车走了　走的山石纷纷乱跳 / 走的一群孩子纷纷乱跳 / 他们一直跟出了山口 / 那山口他们的父亲也很少走出”（《纷纷乱跳的石头》）。

这里没有苦心经营的意象，一切自然出之，语气也相当平实，几乎没有运用什么修辞手法，然而却感到不同一般，这是一种感悟到了真正生活的诗作。汽车开动了，弹起石子，带着孩子们奔跑，在作者眼里，就像是活蹦“乱跳”。而此处一前一后两个“山口”，大不一样，张力十足。按照时下的流行说法，这是一种典型的“生活流”诗。这样的诗，不是由那些可供分析的词语、意象和结构向读者呈现，而是经由那看不见的语感的指引，让读者从分析难以企及的空白处向我们呈现。这种对事物的整体把握，越表现得漫不经心，就越显得大有深意；表现得越轻盈，就显得越凝重。“那山口他们的父亲也很少走出”，简简单单一句诗，却让人很难轻松起来。刘中没有那种我们所熟悉的诗人的作派，写作对他而言，是心的律动，情的迸发，美的象征，是一种极其普通的日常行为，是生命的一种延伸或物化。

“倚窗而立 / 阔大的群山 / 正延伸漫长的召唤 / 我感到土地苏醒时 / 有比雷声更响亮的声音”（《四月》）。

这样的诗，从日常生活中汲取诗情，平凡而又奇特，热忱而又妙趣横生，它来自对生活的热爱。连绵不断的群山，宛如“正延伸漫长的召唤”。春来了，土地萌动的声音，竟比“雷声更响亮”。诗人意识到的世界有多大，情感辐射的力量就有多强，这与有些作者虚无浅薄的做作之态截然不同。刘中善于从日常生活经验中，发现某种精神性的东西，通过典型的生活细节，揭示其内在的精神。作者不对事物本身进行思考，而是在事物中进行思考。这种对于日常生活的热爱，恰恰是刘中诗歌抒情的原动力。“诗人应有大爱大悲，对万物产生强烈的关怀和关照”。这句话包含了刘中的诗歌理想，也可看作是对刘中诗歌的一个精准的注脚。

四

刘中的诗拥有一种独特的品质，即有一种内在的旋律，不是语句上的声响效果维持诗句的音乐性，也不是那种强烈的、令人震撼的节奏，只是一种如自然一样自然，与呼吸一样舒缓而又均匀的节奏。

“公寓里的周末舞会是迷人的 / 你邀请她时彩灯正亮得发狂 / 你认识她很久了 / 很久了她不说一句 / 你注意到她的大眼睛 / 那双大眼睛和舞会一样迷人 / 但你很长时间不参加舞会了 / 你知道她有丈夫　她的丈夫 / 为从车轮下救出一个男孩失去了双腿 / 你长吁了一口气说世界很大 / 周末舞会仍很迷人 / 她那双纯洁的大眼睛总是寻找一个人 / 你终于又平静地邀她起舞了 / 她柔情似水的眸子善良地安慰着你 / 乐队在演奏　演奏 /《如此美丽的人生》”（《有一双眼睛永远迷人》）。

正是这种内在的节奏，为他的散文化的诗作注入了诗性的活力。而那双眼睛之所以迷人，缘于抒情主体和情感的力量。以至他的诗虽短小，却气息饱满。在这一点上，刘中诗歌的抒情性，使古老中国原初的美学经验与现代人的日常生活经验有机地结合在一起，形成了一种汉乐府般单纯，《诗经》般质朴的抒情诗。如："今夕何夕，见此良人"（《诗经》），"君当作磐石，妾当作蒲苇。蒲苇韧如丝，磐石无转移"（乐府）。他自己也认为，一百多年前的一场运动，中国古体诗的龙脉几近斩断。虽有一批批的接续者，但新诗成为主流已不可逆转。中国新诗应是以中国文化及古体诗词为根为本。在某种意义上讲，刘中为解决当代诗歌的"抒情性"难题，提供了一个较为成功的范例。

简言之，刘中诗歌的朴素的情感，自然的诗句，如歌的旋律，加之从日常生活中提炼出来的奇特感受和神奇想象力，使平淡无奇的细小事物焕发出了强大的生命力，散发着一种淡淡的绰约的古典风韵，令人赏心悦目。

刘中的诗是一种真诚的言说。

是为序。

2016年9月16日于银川

目录
contents

卷一　贺兰山舞步

卷二　六盘山之痒

卷三　过去和曾经

卷一

贺兰山舞步

戈壁牧羊人

他躺在一片烈日下
羊群四处寻草
他抽着雪茄
鞭子仍在身边
一只飞鸟转了几圈飞向山里
一朵云飘了飘烟消雾散
他躺在一片烈日下
四周很静
他翻翻身
太阳在头顶
没有动
一条小河在远方流着
他干裂的手掌里汗水在淌
他睡着了
嘴边长出大块青草
羊群哗地涌过来

采药者

——听来的故事

山南山北　那个人
一年四季都在走
偶尔　坐在山上看鸟儿归巢
那个人骨瘦如柴
像他大学时教他做好人的
老教授
那个人吃过很多草
曾经倒在地上
没有解药
那个人犹豫过
后来又朝前走了
那个人在植物上写了一生
死的时候花草全部为他开放
那个人化作一部书
里面充满了花草的味道

阿拉善

像一只黄羊
在贺兰山之西生长
阿拉善的女人
是黄羊颈上的铜铃
叮叮当当总发出
悦耳的铿锵
阿拉善的男人
走马踏沙去远方
额济纳一带
如黄羊坚硬的角
顶着野味的大叉子枪
阿拉善的马群一日千里
奔腾着腾格里的狂飙巨浪
在寻找英雄的年代
阿拉善
让任何一个热血的汉子
骨骼都哗哗作响

贺兰山

天空的屋宇内
像一幅剪纸
西风中摇晃着
让人担心　飘去

天空的屋宇内
像一幅锦绣
墨蓝的渲染里
一千只蓝马鸡在翔舞

夜晚和黎明
一只只羊在山峰上　跳去跳来
如瓣瓣桃花　盛开

我正枕着贺兰山入睡
腮边留有余温

贺兰山秋雨

一尾赤鲤跃上东峰
一只红蜻蜓接着飞舞
一头黄牛贴着云层流汗
不久消匿
可能跌入哪条深深的峡谷

山风萦纡
扯着我的头发和沙棘一同飞扬
岩石挂着山羊的耳坠
匆忙遮掩雾幔
骆驼拍着双峰的手掌

秋雨降临
润物豪放而夸张
在躲雨的地方
我看见一只迷路的青羊
两只蘑菇正在它的头上疯长

贺兰山之西

贺兰山之西
许多汗渍渍的石头
被牧马的人们坐化
还有一些成为马的饲料
马群一日千里
奔腾于贺兰山之西
山在背后
沙漠在眼前翻腾

贺兰山：贝壳之塬

海水漫上来　退下去
湖水漫上来　退下去
千万年间我不停地上升
枕着山脊安睡　汲取日月光华
我长寿的有模有样

一支马队奔去
又一支马队奔去
卷起的蹄烟很呛
峡谷间的回声
排列的蚂蚁那么紧张
散开的岩羊那么紧张

战争和战争之间有短暂的和平
人们就在我的石壁上
雕刻成群的牛羊
射手　弓箭　月亮和太阳
我注视千万年瞬间飘远
飘远的一部分　又返回故乡

历史　只有历史如此霸气
在我的壳内
做着纵横捭阖的道场

贺兰山岩画

厚长的石壁跳跃
有声响趸趸逼来
抬头跳去
先人从峡谷走出
半坡上柴薪尚未燃尽
英雄酋长的坐骑
是一只雄壮的山羊
贺兰山在骁战的狼烟中奔腾
肥美的獐鹿在疆域内俯首称臣
解鞍面壁图何?
弃乾坤而归隐
饮漠然的呆怔的时间之水
投身山首的不毛之地
修满腹经纶的正果
食太阳的黄米月亮的瓜瓣
长吟萧风的款款天籁
拒一切引诱于欲望之渊
女人们的飞针
缝合的正是壁画的卷首
先人驻岩而立

深秋：贺兰山中部

贺兰山　这是你
最结实的肩膀
在中部
我放牧着羊群
春去夏来
秋色染黄山下的草场

羊群在滩上涌动
深秋　天高云疏
我更能看清中部的每一块石头
它们饱经风霜面带笑容
一个微醉的黄昏

我醒来
已站在中部的巨幅岩画上
健美的那个牧羊人
目光深远
绿茵于眼前一望无际铺开

岩画或者时间呵
你为何让我千年不老
现在　我站在中部的峰顶

听见　西伯利亚的飓风
如我幻想的羊群
漫天扑来

而中部
正襟危坐首当其冲

深秋：贺兰山以东

贺兰山狂野着我成熟的胡须
银川平原的发情期开始
西风急促地呼吸
丘坡的喉结　节奏不连贯的起伏
它在一位健壮的野兔看来
能生产高质量的后代

一杯浓烈的大夏贡酒
灌进脸静心热的爱伊河
溅起的是秋天最后的一只鱼钩
上面　挂着我五月积攒至今的饵料
随即　被黄河以北的雾气吃掉

岩画·西夏女

最漂亮的西夏女在舞蹈
脚步轻盈气息如兰
羊群　似一簇簇马莲
在她的四周绽开花环

最漂亮的西夏女在雕刻
大胆的眼神
划过注目的视线
她的玉指轻轻挥动
便琢得我
如听话的羊羔一般

最漂亮的西夏女脉脉含情
目送朝日转向黄昏
我顿觉千年之后相逢太晚
纵身而上
成为岩画的一部分

积雪山顶

雪在山顶
阳光下眩晕着
阵阵欲望的目光
路在何方
丛林似一片雾障
遮挡畏缩的笨鸟
那些好兄弟
祁连和昆仑们
一样地静若处子
许多日子
没有什么意外的舞步
踏雪而来

金山的冬天

沿山一带
草场荒芜
羊们已不能四处觅食
圈里的干草也困顿
西风逼得很紧
金山的房屋柴火熊熊
羊群能够感受到
温暖的皮袄和欢乐的情欲
整个冬天
栅栏触拥着干瘦的尾巴
等待另一个季节的到来

阿斯脱脱的岩羊

猎枪的手柄长出了叶子
你的族类泛滥无朋
我动用豹　狼
昆仑山以东的食肉动物
动用我越发狭窄的草场
湮灭你们的嘴唇
动用套子和钢夹
你们跳往另一座山峰之前
在阿斯脱脱
结下很深的梁子
让你们痛苦　仇恨
逃避或小心翼翼地觉悔

但我没有动用胃
这让我的食道有些发痒

最后一匹狼的歌谣

我　贺兰山中最后的一匹狼
孤独得没有方向
如箭的光线　在碎石间跳跃
我　习惯于每天东躲西藏
族亲　远在祁连或乌拉特

我的嚎叫　唤不来生命衍生的欲望
在周围的岩壁上
人们雕刻出无数的弓箭
就为我　一匹狼
他们花费高昂的成本

狩猎　也没有方向
岩羊　瓜瓞不绝
大胆地在我这匹老狼前嘲笑
它们茫然的目光
竟然繁衍着可怕的仇恨思想
我感叹大千世界
混乱得了无章法

我　正在慢慢老死
这山系因生物链的断裂

将风化的体无完肤失去鲜活
谁能知道　我的嚎叫
是远古至今
最后的一阕歌谣

打坐

一只蓝马鸡飞翔的弧度
尚未发现天敌的青羊的角度
民谣起舞的力度
仁者企望的向度
攀爬着登顶极目的高度
峡谷硝烟散尽的深度
晴朗天空万里无云的亮度
贺兰石骨骼坚挺的硬度
守林人一天三十公里的精度
旅游景点人群渲染的程度
一寺　僧人打坐的静度
一溪　流过寺院的纯度

闫氏贺兰砚

刻刀锋利　杀绝贺兰山的狼
岩羊肆无忌惮　发情地冲向
一束芳香的野桃花
浸出细腻的青苍色泽

闫氏一家四代　皆在雕琢
如吹奏温婉隐秘的埙
弹拨没有时间流逝的琴
椅子坐于桌旁
饮一壶砖茶
热腾腾的汗在淌

一只蜘蛛
对飞舞野桃花的黄蜂织网
黄蜂挥剑岩羊
霎时战斗消弭无形
蜘蛛罩住了所有的阳光

孤版的两只砚台
被一个中国人带到了异乡

朋友在新疆

在《新闻联播》的某条里
我寻找乌鲁木齐大街上
你最起码的一个背影

很可惜 大家都是普通人
你一定忙着工作
下班和新交的熟人喝烈酒
满不在乎地一咽而下
情深的时候
加倍地怀念宁夏
也讲一些有关的韵事
为掩饰尴尬
再推推眼镜
朝装满书的纸箱挤挤眉头

出嘉峪关不容易啊
朋友

阿克塞

当冬季再一次情人似的逼近
我看到阿克塞高原正张着残齿
品尝最后一丝温柔的白云

有一个人
第一次穿上哈萨克猎装
便不肯脱下
如今他羚羊似的跑在那里
写他写不尽的阿克塞草原

草原孤独
想做英雄的诗人孤独
那些大块头女人飞鸟般离去
那些沉重的理想飞鸟般离去
只有那颗心留了下来

夏天的火炉依然很冷
那支画笔的油彩却很红
闪电的鞭子一甩
闪电般的姑娘追赛马会而来
诗人系列地完成着生活

当冬季的大雪封山
诗人在阿克塞
抱起一只饥饿的羊羔
低头深沉地思索着什么

在广宗寺忏悔

我的目光捂住
阿拉善阴坡的青苔
庞大的贺兰山菌群
在手心蔓延展开
我采撷　潜默间颂扬恩赐的苍天
我流逝　随着山洪退去急不可耐

广宗寺的钟声宏阔无疆
仓央嘉措诵经而来
我的佛　诵经而来
贺兰山两侧的香火扑面而来

这么多年了
我仍未搭起一座
跪拜的礼台

四月

心在躁动翻滚
风从手指间掠过
留下斑驳的曲线
一场雨
滑着四月的日期而至
孩童般闪现丝丝笑纹
倚窗而立
阔大的群山
正延伸漫长的召唤
我感到土地苏醒时
有比雷声更响亮的声音

拥抱它　然后品味
融为一体的销魂

石头

某块石头上布局着围棋
弈者的妙着翻覆世道

曹雪芹的石头
含在嘴里唯恐化掉

萨克斯的石头
流浪至今无处落脚

西西弗的石头
瞪着思索的眼睛向四方观照

贺兰山的石头
落入山谷或跳出三界
在我的庭院萦绕

火星的石头
遥远的无动于衷

片段相连

水从枝头流过　潺潺
玉树在与临风　寻欢
风扯凌乱
将鸟的嘶叫声　折断

一座山接一座山　连绵
皆为一座寺院的氤氲　遮掩
水衔着风
鼓动着鸟的帆　行远

树在山上狂奔　追赶
也未跑出寺院的门槛

高蹈之舞

生命如狼
渴望鲜血
在峡谷　风搜集云团
羊群遮住贪婪的牙齿
那片草滩
有苏武的羊鞭为栏

鹰被阳光赞颂着
巨翅逼向牧犬
颤抖的羽毛突飞
原始的山峦耸起双耳

温柔可掬的目光在延伸路途
生命如狼
漫长的岁月突兀
饥饿的生态
死亡或平衡　宁静或啸傲

那然色布斯台音布拉格

白日追赶着黝黑的石砾
茶色镜片中的一枚肥硕的蛋黄
两只蜥蜴一动不动地盯紧
眼睛流出涎水

一辆越野绝尘 500 公里
在戈壁上终于跑出胡杨的背影
大片葱绿的青草推向近景
黄鼠油亮的身子一览无余

沙狐打磨着牙齿
它被啮齿动物宠坏了咬合力
瞪羚尚无国土意识
一个大跳成为一个国家的叛徒

那然色布斯台音布拉格的界碑刮起旋风
两万只野驴冲下蒙古高原
一只红鼻子苍鹰
是它们至高无上的首领

风卷额济纳

昔日繁华的古堡
被可汗的战袍拧干了潮气

几棵胡杨走了十个世纪
只走出它倒下的那段距离

弱水让有情人取了一瓢
剩下的浩渺由一万只骆驼撕咬

沙漠在西北偏北汇合
大地在天空中飘摇

沙尘暴裹着额济纳
覆盖燕山乃至辽东半岛

我的手遮住鸭绿江以东的区域
不舍得丢失一克泥土

迁徙

洪水自山谷泄奔
家园转眼即逝
山羊拉着鞭梢
战兢地不忍眼顾
新居在什么地方
山翻过去山和山
接着是一眼沙漠
流浪远方
迁徙之途漫长而多艰
终时　又在旧地
重建家园

沙漠的一幅写意

缆车　向沙山急速上升
游人　蜷在车里
一排省略号　又一排
近些年　游客越来越多
而牛羊越来越少

有捷足先至者，沙山的背后
两团滚远的沙荆　像冒号
表达的方式迷乱
一条红纱巾飞起落下
两只山羊在顶角
两只黑鹅在啄毛
一阵风裹来沙尘暴
望远镜也找不到任何踪迹

骑马的蒙古男人

——读好友戴凌云的一幅油画

骑马的蒙古男人
一声不吭
他身体摇晃低垂着头
像酗酒过量
他还牵着另外两匹马
不知道主人是谁

他孤单地在荒滩上孑行
马也不清楚他的方向
远山无云
马鬃疲惫蹄印滚烫

草帽之歌

——献给贺兰山

子：大序列或加冕

巨岩风化
天空弥漫混浊的尘雾
草帽大幅度倾斜
一如游侠纵马荡涤蹄烟
呛鼻的西伯利亚飓风的烟卷
在峡谷的手指间
强烈地咳嗽
游侠纵马南北超凡脱俗
草帽的风采卓尔
被时间冠带

丑：顶部

草帽的极顶
白雪皑皑
宛如处女的肌肤
成片的松木编织着条纹

在清寂的前额悬挂
黄羊回首驻立
草场　装饰于四周
这是绝对的冷艳
黄河在东侧炫耀地挑逗

寅：起卦成象

我正陪着远古的牧人交谈
真正的牧人
许多情歌和史诗歌颂过的
他眺望汲水的妇女
不无遗憾地说道
“她多么需要一顶草帽啊！”
而我们呢？
山风倒落
黄昏　湮没了一切

卯：转轮的石头

某块充满杀机的石头之上
布局着围棋
弈人的巧手翻覆世道
西西弗的石头
瞪起惊诧的眼睛
巡视东方大沙漠之缘
玄秘的石棺

沙克丝流浪的石头
没有停泊的家园
草帽沉重的声音
石头的声音
落入山谷或跳出三界
火星的石头
显得无动于衷

辰：呓语

子夜时分
一个黑衣人敲门问路
“我佛慈悲”
黑衣人空空的衣袖
翻动出无数合十的花朵
“我无所不知
只为了你知”
就像草帽随意飘拂的样子
其中竟蕴含着深刻的意图

巳：永亘的方式

富甲天下的商人轻念咒语
想草帽在他的手中
落入窠臼的圈套
他甚至被一只狼咬住
衔在尖锐的牙齿

穿过仇视的羊群临崖而弃
草帽的圣洁
在于凌驾所有的利欲

午：祓禊

沙棘遮天盖地
臣伏在草帽的膝下
蓝色的苜蓿花
似曼妙的少女
端着莹红的枸杞侍奉
道德之水
流经削发的尼姑庵
仙风道骨的庙观
蒸腾膜拜的大礼
草帽慈祥而威严的光芒四射

未：岩画与草帽之环

始初的狼毫写秃了
搁置在草帽的耳旁
想象力旺盛的子民
踞岩精雕细琢
许多人永远站在上面
任凭沉默
西夏文字栉风沐雨
将赫连勃勃的马缰勒住

西鸟盘旋　草帽入定

申：山鬼

世纪起伏
太阳的光线萦纡
羊群沿山脊沉浮
山洪泻过的缝隙
钻出山鬼
寻问他死去多少年
又会在多少年后再次复活
阴面的露珠渐灭
当代的山鬼伶仃寡居
配偶也难以追觅
可去希腊的奥林匹亚山
调情于浪漫的作古的女神
山鬼倏然不见了

酉：真气阻于任督

农事的滥觞
在草帽的檐下犁铧
收获的渊薮
繁衍着人类不朽的生命
但　我们也许
囿于田亩裹足不前
在某个深醉的夜晚

酒后的狂言
会使草帽的地位发生动摇
这是潜在的威胁
是人天生的反骨作祟

戊：殊途同归

巴拿马草帽
苏格兰斗笠
发展到简·爱女士的那顶
更上等的货色　今天
亦屡见不鲜
然而由麦秆和湘竹
联结的草帽
悠久而深远

亥：去留有意

诗人浪迹天涯
一片屈原的羽毛
另一片荷马的羽毛
插在他们的笔端
精神的草帽　或
我刻意赞颂的这顶草帽
都是纯洁的灵魂所系
草帽的知音
十步之内　必有芳草

卷二

六盘山之痒

六盘山地

群岭众山犹如
没有揉好的大面团
长久风吹日晒
霉变得毫无鲜亮的色泽
几棵秃树
终让它难以发酵

（张承志站在《黑骏马》的舢板上
面对起伏汹涌的六盘山地
叫嚣着“下海去！下海去”
一些礁石硬是让他啃掉几块
伴以“花儿”和民俗的佐料
叫人们吃个痛快）

深入它的腹腔
干涸的沟壑之血管枯黄
在坡地的碎衣上
衲着石块的补丁
揭哪块坟墓的疤疮呢？

历史漫天扑来
此刻　明显地听到了动脉的搏跳

凹凸分明的褶皱
是清晰的大脑沟回
躺倒的这位巨人
正沉重地思考

歌在六盘

喜欢你的冬日
美丽素洁　我便长久地
不肯离你远去
扮圣诞老人的模样
将一件大大的礼物送你
割　传说中最肥美的草场
让干瘦的羊只浑圆

我漂亮的民歌
唱透了九重蓝天

喜欢你的冬日
在赶集的山妹头上
插一朵牡丹
然后变一只圆镜
看她的笑脸
羞涩还是大胆
期盼你的春天
我钻出荒凉的地面
嫩绿嫩绿的
一片又一片

第一次面山

甲

我乃山名
众脉伏于视内
踏古地浓郁之呼吸
指点江山
豪气翻腾如雾缭绕
形象莫测

乙

众多遐迩名山在画片图像上耀目
风光旖旎或壮观险峻
已被攀登得毫不新鲜
蹉跎岁月的疏忽
目光射向无名山座
我挽流逝的地貌
饰四季不变的黄衣

丙

迎面贴来
迎迓之姿态卑恭
昔日的意念顿时烟消云散
这等气势威逼我
成一衬景的马兰草

丁

抚摩每一块骨骼
坚硬如成熟的意志
在平原　曾经的左蹿右突
岂不就是欲崎岖自己吗?
而今便谦逊地对峙

戊

走南闯北
它们如此脱颖于同一家族
默默无声　隆起在西海偏西
图何?
是一系列的生命
我注视着那些山头
奇特　神似母亲的甜乳
微垂　恬淡醉人

然只可羞涩地裸露
奶水哟
我注视着那些山头
也恰似西海的节日里
飘香的锅盔和白馍
一笼一笼
蒸腾在朗照之日
跪在坡地收割的人们
咽着口水

己

　　　山
　　山　山
　山　　　山
山　山　山　山
…………………………

庚

亲切的方式
在于牵挂如手足
感谢生活
在于从此不孤独
看见它们
如与兄弟群居
欢悦春之风舞

夏之田禾
秋之收割
冬之雪落

辛

寒流自去冬逼向今春
群　山　围　我

壬

渴盼森林丛生
许多山已到聚亲的年龄
渴盼降水猛增
让焦灼的峡谷润色嘴唇
渴盼胜天之光降临
普照大地的沧桑

癸

融为一体吧
最后的结局只能是这样
只能是　这样
将我之血液
喷染每晨的旭日
涂抹夕下的余晖
呈　万　世　吉　祥！

狼山

众多传说在狼山奔跑
惊吓着羊群只在阳坡吃草

狼　我没有亲眼见过

从间接的材料得知
它的牙齿相当坚硬　属食肉类
残忍的时候可以咬死一群山羊
它的皮毛为上等货色
比我剥的狐狸尚佳
它追踪过杰克·伦敦
在阿拉斯加的极光里眈眈
它睡过东郭先生的麻袋
行为颇有些不仁不义
它紧随过屠户
为干瘪的骨头不舍路遥
它在草原上穿行
在荒漠中倾听西风

作为一种没有语言解释自己的
靠捕杀善良温顺为生的动物
到处被痛击被追逐

渐渐地消遁于远方

狼　我没有亲眼见过

它的致命弱点在腰部
它的个性注定充满孤独
我的祖父曾击伤它的后腿
我的父亲隐隐听过几声嚎叫
现在　我根本不相信
一只狼会从山谷中复出
我莫名地怀念着
残暴强悍勇敢的天敌
有资格成为我的对手在狼山搏斗

面对着一群群繁殖迅速的羊
我感到从未有过的平淡

奶头山

它们微垂
恬淡醉人
让人孤独的时候
感到温暖

它们也似馒头
在温饱悠关的年代
引诱人的舌头
落雪之后肥白
阳坡鲜黄的泥土
相衬为一只只火腿状
使狗群沿山打转
飘雨时刻
是水煮的全鸡模样
这都是一系列的食物
它们注定生长在六盘山地
让这里的人想象

黄羊之崖

它就在最边缘的地方站立
前腿习惯性地紧张抬起

你看着它前腿凌空的姿势
仿佛听见　一块石头
掉进深谷的声音久久不息

你的眼睛像血红的双管猎枪
欲望　子弹一般
装进你的胸膛

究竟瞄了多长时间?
疲倦的云雾模糊你的视线
生平第一次　黄羊之崖让你
两手空空　其实
黄羊在此山消失已很久了

山民

天津的解放鞋露着脚趾
嚼完一块锅盔
上山
挥着汗腥的毛巾
踩着山头向婆姨对话
哎——咧——
和山羊一起跳跃
消遁于密林
唱山歌或想儿子
黄昏而归

翻越一座山

一座山犹如一首情歌
在远方就深深打动了我
一座山犹如唯一的坦途
在远方就想到河流入海的辽阔

羚羊的长角顶着长路的坎坷
这是我的坐骑
翻山的时候
路完全遁去
风正曼舞
像一首情歌诱惑者

最纯洁的那颗灵魂跟随我
是一首情歌永不消失的和声

翻越一座山
便是高大起来后又情愿跌落
对一切　心平气和

一座山叫看透山

眼前有一座山
山上有一座庙
站在庙的最高处
眼前有更高的山
穿过几处山口
只将云彩望的稍远
只将天空望的稍远
一些饿鹰正在盘旋
此外什么也望不见
那条闻名的大河就在山外流淌

广阔的坡地沿山蔓延
人们站在山上相视
就有很老的老人
说他看到了大河
绘声绘色
且有波纹在脸上闪现

而烈日在头顶
蒸发着铁青的血管
燥热地伫立
想象潮湿的大河的走向

庙内祈雨的声音
化做了浓腾的云朵
可顷刻便又消散

看透山　望眼欲穿
望眼欲穿多少年?

山，使人疲倦

今年夏天
我去固原和海原
见到许多山
这些山没有树
偶见羊群走在孤独的人前
上坡
汽车想和山顶亲嘴非常困难
下坡时
又像山羊失足山崖一般简单

今年夏天
我去固原和海原
不是随便转转
那些山　曾让我十分疲倦
而今，
不论我睁开或闭上眼
满脑子里装的尽是山

西部的一块石头

那是远古牧人坐过的石头
草滩至今仍萦绕着萧关烤烟的香味
然后你坐过　倾听
空旷的羊圈里
渐来的西风和退去的南风
接着一个女人坐在上面
满是幸福的神情
雁阵回归　落在
大片的山水间做窝
这个女人就生下你们的儿子
蒙古人的脸庞　中亚细亚的身坯
女人离开后
太阳也坐在石头上
阳光的精子　健康鲜活的种
大地一阵阵喘息
你成为了前辈

遥远又辽阔　你的疆域
石头上　奔腾着繁衍无数的蹄印

纷纷乱跳的石头

小学校的钢板敲响了
考察团的小汽车
引来一群孩子
围住了城里的客人

那么多的好奇
布满在那么多双眼睛里
他们的父亲
像沉默不语的石头
从南山脚的阳光里走过来
眺望山坡上刚整好的麦垛
高兴地拍拍孩子的秃脑袋

汽车走了　走的山石纷纷乱跳
走的一群孩子纷纷乱跳
他们一直跟出了山口
那山口他们的父亲也很少走出

古词新意

东窝的母鸡抱双黄蛋
连着三月不出现
西山的猎手逮黄羊
一晃整个冬天
只想你们能着呢
不曾想遂不了我心愿

南坡的黄牛老了
还在埋头吃苦耕田
北沟的石碾旧了
还在吱哟哟地磨面
尕妹妹远看像黄连
近看哈是朵美美的牡丹

哥与王后

曲你的指
挥你的镰
扭你的腰肢
吹你的口弦

哥我翻山
一座接一座遥远
哥我唱歌
一支绕一支缠绵
哥我扬鞭
抽狼的身子鹰的眼
哥我蹚水
亲倒映的羊羔害羞的脸

指挥着一个庞大的军团
耀武扬威　哥我想你
像王后那样跟在身边

去迎嫁娘

四个棒小伙抬着花轿
抬着迎娶新嫁娘的彩礼
在山道上弯弯行走
山路很长山顶很高
他们渴的还不知走多远
才能到达新娘的村口

没有一匹马或毛驴
更想象不出别的什么
来代替迎娶的辛劳
祖传的风俗已经扎根
深深扎在山里深深地生长

山道是长辈们的狩猎之弓
他们是长辈射出的箭
新娘的村庄模模糊糊如绸
他们走呵走却穿不透
因为一架掠过头顶的飞机
让他们停下望了很久很久

他们有意地迷了一段路

拟祖传歌谣

阿哥的肉哟
哥哥站在高高的山
放眼望平川
平川上有朵醉人的牡丹
有心前去采哟可手乏了
只怕摘朵马莲

阿哥的肉哟
河水涨时石头翻三番
水落下它翻二番
尕妹串亲戚要逛三天哟
想哥哥只浪了二天
你舍了马莲（哈）
妹妹俺是全山最艳的牡丹

阿哥的肉哟
朝前走莫（哈）回头看
过了山塬有长城关
妹妹的头巾遮红着脸
哥哥的羊群飘满了山
日头正降下垛口
填进了天屋下最后一块砖

新清平乐

极目六盘
北雁南飞
又一个秋天

自愧与那位诗人的气质
相距甚远
便用老乡们好客的拉面
编成民以食为天的长缨
将功名与得失的苍龙缚住
令它在山地上永远耕田

想起固原

白军胜你去重庆
带回多少辣味的土特产
我现在银川觅食
饿时就想起你家的荞麦面

我们认识了许多年头
可此后再也没有翻越那些山
想到固原的一群好汉
煨的酒至今醇香
我的脸有湿润的成分
留在上面

车过海原

四周是山　段鹏举的南华山举目可见
想他从很远的银川读完大学
回到老家干得热火朝天
海原的街道较宽
往南走的县医院里
诗友杨志云的妻子在加班
她疼爱的丈夫在几十里外的关桥
每天教孩子们如何做人如此这般
招待所的小马和小田是二位女性
和我一起看了普拉蒂尼的表演
文化馆的左侧统研究哲学有些年
见他跟别人打乒乓球额头满是汗
有个叫冯雄的朋友相会无缘
他的诗写得让人刮目相看
路过海原　仅仅一天
却让我不住挂念

寻找延续的歌声

漫长漫长的黄土路
展示着艰难曲折的进程
在这片土地上
长满了空旷的土塬和沟壑
遥远困乏的太阳
在飞扬的黄土中淡然寂寞
我们曾探奇式地走过
走过这神奇贫血的所在
我们曾疲倦着惺忪的双眼
看着没有草木的山岭
被甩在身后　点起一支香烟
品味着可怕的不可思议的生存意识
而终有一些羊群迎面扑来
或海绵一样　柔软地　铺在荒原
终于有高亢的　鲜活的　歌声
传奇般唤醒我们的神经
长久地留在脑际
这牧羊人的歌声啊
像花儿在我们心上绽放
漫长漫长的黄土路
展示着充满希望的进程

大河上下

那些透明的季节
早已久远地随波逐流
上游浑浊的树叶稀稀落落
孤照着几颗倒影而下
整条大河腾移的是一座高原
流动的黄土地

这是情欲旺盛的夏天
洪汛将至
劳动者在斗渠里游泳
也有许多人在大河边上放着缰绳
他们的田地就在河岸边生长

雷声轰鸣　河流漫漫洋洋
漂卷上游孤零零的几棵树
摆渡的船工去年烧砖窑去了
新建的大桥捆着喘粗气的洪水哆嗦

现在　河边上的人们
放着缰绳的思想
迅猛且狂热
大地强烈地震动了

又是一次地质运动
待到冬季的酒风飘起
准备过冬的野兔望着高高的河堤
在寻找攀登的路径

羊群

这些羊
卷着温顺的耳朵
时而警惕
或远或近的一片嚎叫
走向哪里
永远跟着头羊
而头羊　又跟着主人
爬山吃草
然后睡个好觉

羊群唱过的地方

羊群唱过的地方
如今没有青草
翻过多少山梁
羊群也难以吃饱

土地最好的肥料
是那低沉的歌谣
羊群唱过的地方
只剩传说萦绕

问甜甜的流水何处
洗羊儿的角
问蓝蓝的天空怎样
将干干的坡地淋浇

羊群唱过的地方　妹妹站若小鸟
羊群去了远地　如何把哥哥寻找

冬日的羊群

就在群山腰间晃动
它们寻草
红刺满坡枯萎地蔓延
划破它们的嘴角
它们嗅着单调的鼻孔
注视着头羊的羚角
头羊又在牧者的鞭梢下
紧紧相随
它们在秃顶的山坡疲惫
和牧者勒紧肠胃睡觉
在流泻的阳光沐浴下
梦着另一个季节的青草

归卧

山体的绒毛膨胀
谷地的腹腔　寻觅的炊烟
弥漫　于石子般散落的村庄
虚妄的季节度过
山坡推开黄瘦的栅栏
空旷的短丛沙棘为干渴的嘴唇
跟踪或拒绝温顺的羊群

这是荒凉的铁青的冥冥之路
浓郁的风景线为蜃景幻动
而攀登的欲望被锁在唆口之下
天地尽头是山与山关联的远方
（没有走出犬吠的脚步哟
没有狼嗥引诱的鞭梢哟）

哪里的主人趁暮夜来临
将积满长尾的栅栏分割
以头羊炯炯如炬的眼睛
跨过静若处子的山崖
肥壮山体干瘦的腰身

汲水的女人

汲水的女人
身后低矮稀疏的野草
羊群的声音　迅疾踏过
掀起她花格头巾的一角
风的快感　扯动天空遥远的云朵
狭窄黝黑的背景
阳光夸张的自留地
低着头的水桶
婴儿样伏在肩上

汲水的女人
身前身后重复的戈壁
一条干涸的内流河床
无数鱼蹦跳的石头
探着头　她的水桶没有水
她在消灭这些鱼的幻觉
水　在很远很远的地方
断断续续地流淌

汲水的女人
双眼一直微闭
她朝渺小的方向　走

雨神：荒诞的严肃

我流浪过的六盘山西
提供我精神上丰厚的食粮
而她自然的肤色
却极饥饿瘦黄

我的心时常牵挂
在远别她的两年时光
写这首诗的时候
我已经看望她三趟

干渴的六盘山西
奢求足够的降水
这三趟　竟引起许多话题
因为　雨下了三场

遇雨则吉　古人有言
我同乡亲们共享了落雨时的欣狂
三次　难道都是巧合
还是上苍托福我将愿望还上
雨神　有人暗暗绰称与我
我实不能接受此封
实不能接受此封呀老乡

再一次探望
如何带去一场雨
雨神　这荒诞的严肃
让我常常思量

旱船舞

我们舞起旱船
在高原的岔岔道道上
唢呐铜嘴古老而新鲜
起伏的毛驴和羊群
沿着沟壑寻找航道
从一碗泉到喊叫水
一些地名流淌着枯井干河床
龟裂的土地干涸的冒烟
长流水和水洼子之间
山脊一道一道波浪翻卷

旱船搁浅　干涸的地名搁浅
我们重重的心事舞蹈不尽
我们便扯起嗓门高喊
花儿和秦腔像大块海绵
吸收了空旷的山塬和心愿

山道上的脚步放慢
看着远天看着山地
然后化作一些饱满的河流
让后代驾起生命的船
生存繁衍

黄土高坡

那些人的坟冢
在冬季里听惯了西风
且饱尝了落雪的声音
它们的背部
驮着一片片坡地
于初春的早晨
让儿子们耕种
这是一代代的故事
简单得就像
我们必须解决温饱一样

抬高眼睛
坡地瀑布般泻来
自然的黄泽
将皮肤深深同化
我　已被淹没

看这土地

看这土地
正从远近聚来
弥漫为一团雾气
看这土地茫茫
其中裹满宗亲的身影
分外熟悉

看这土地上的麦子
眼睛渐渐泛蓝
和天空融为一体
看这土地焦黄
我如一潭碧水
顷刻消融得毫无踪迹

卷三

过去和曾经

难忘的夏天

我们走进这个夏天

跑道沉默球门沉默
舞会沉默课桌沉默
最后告别的日子一切沉默
只有校长案头无数名字在争吵着
办公楼那座五十年代的吊钟
一连几天忘记了走路……

宿舍楼里装满一只只啤酒桶
不愿听“风雨兼程”“我是行路人”
靠门上床的那位总不走运
谈了三年对象至今得不到一个吻
剩下的我们几个没找上合适的
很多很多的嘴角都是那么高傲
总是埋怨我们黝黑黝黑的皮肤

决定命运的时刻就要来临了
早上　我们不论情绪怎样
全都爬出了门外
突然发现空气变得清新美好
《新闻联播》报道吐鲁番的葡萄熟了

天山上李光武的马群也彪悍强壮
我们听到这些消息激动了
画廊里新疆姑娘的眼睛注视着
我们真有些不好意思
想起一支达坂情歌
……嫁给我，赶着马车
既然这个季节
高原上设摆了接待站
就让我们向那里开拔吧

我们走出这个夏天

老谝

老谝是个男生的绰号
能说会道脸上没胡子
他有封读者来信上过《青春》

那个常飘细雨的夏天
公园里所有的女人他都动情
后来靠着关系
斗胆在校级油印刊物上
发了一篇惹很多人讨厌的见闻
他说高仓健让那么多小伙打光棍还不满足
总摆着一副冷峻的面孔
这实际才是一种挑逗呢

不能说老谝不算文人
他怀念那个办不下去的刊物
那封铅字来信
说上了《青春》可不容易呀
文学社的朋友应该写几篇评论
说北岛和他有交情
相册第一页的照片就是证明
说中国该出大作品啦
他可能被提名为某某大奖候选人

老谝越谝劲头越大
但不能因此否认他是真正的男人
那次火药味很浓的锦标赛后
他鼓动几只不入流的足球队
把一只泄气的皮球
多次攻击香港队的大门
然后说　嗅奖杯大家鼻子是均等的
看样子世界杯我们是夺定了

他在大腿上贴满膏药
一拐一拐地凯旋

这个难忘的夏天

母校像一只鲲鹏
梳理着待飞小鸟的行装
我们的羽毛丰满还显凌乱
我们的情感兴奋还显惆怅
该出去经历风雨了
毫不犹豫地张开了翅膀
我们将涌进社会的课堂

是得离去了
这一生不能总风平浪静
在袒护下逍遥徜徉

教学楼阅览室和餐厅
小径花园和足球场
是放飞风筝的地方
走得愈远
思念之线扯得越长

难忘的夏天犹如一枚
闪光的校徽
牢牢地嵌在我们的心上

她还是那样年轻

——致苏俄文学讲师L

大学时代的篝火晚会上
唱起《莫斯科郊外的晚上》的
那位美丽的姑娘
经年数载　饱含沧桑
仍是那么年轻那么漂亮

我喜欢她穿上列宁装
夹着教案匆匆走路的样子
我喜欢她颈上的金项链
闪着迷人的抒情的光芒
我喜欢她朗读普希金
一曲《致大海》波动心房
她纯真又拥有幻想
占有童话
占有向上的力量

莫非她没有痛苦没有创伤
不！不会的
她正经历了那代人
难以幸免的时光

那，她为什么会这样乐观
总给人带来愉快带来欢畅
噢！她的鲜血里交融着
中华民族的隐忍坚守
俄罗斯民族的热情奔放

雪·青春·诗

我们是这样的一些年轻人
懂得怎样想象感觉和抒情
漫长的冬季里
我们的视野送走了所有的候鸟
翘首顾盼舒曼纷扬的日子
想也罢念也罢
雪终如南方一样遥远
于是　我们雪花般飘落在
暖色调的阅览室和图书馆
堆砌雪花般的日记和卡片
我们的年龄充满了浪漫味
看着四周洋溢青春气息的冬装
备感生活是亲切的朋友

许许多多的故事和画片
令我们怀念北方
厚实如被的雪场上
狗拉雪橇铃儿叮当
大森林里针叶松常绿的微笑
挂起北寒带坚韧的成色
我们亦可以走往纵深
走进西汉苏武的牧鞭

走进燕山李白惊叹的那一席
走进现代抗日联军军垦团知青的木屋
走进乌苏里江粗犷浑厚的号子
北方，辽阔的北方啊
让我们的思绪缀满雪花
洁白而自由
晶莹而奔放
当我们的渴望云团一样翻卷的时候
雪　飘洒于蓝色的玻璃窗外
此时　阿拉斯加的极光和乞力马扎罗的雪峰
刚被我们欣赏和攀登完毕
走出冒着热气的房屋和向南的门槛
雪被我们紧紧拥抱了
然后就融合在一起
都是白茫深远的一片

我们能感情充沛地写诗
写心里体验尤深的东西
待我们坐熟了校园教学楼的每一张桌椅
走完了溜冰场舞会大厅及铅字铺就的路后
登山服会雪一样落在我们身上
那时　我们将告别足球赛和团委组织的吟雪笔会
踏上高原的雪地
踏上通往喜马拉雅黛青色的严峻
雪花般的扑在那里
再雪莲般顽强地生长
生长永远

结冰湖

波浪躲在寒冬的风里
湖开始冻结
解冻的时候有很多人
想到了冰刀
和一只燕子的飞行
或者是几个弧度几个圆
以及种种流动的造型
但结冰的时候
没有人行动

最先跑上湖的是一群孩子
冰　热情地接待了他们

经历

从前我手里总摆弄着那只
没子弹的木制驳壳枪
对准山本司令巴顿将军的胸膛得意洋洋
所有的战争我全经历过
在我们胡同的军团里我好不容易混出个人样
当我的乳牙还没长全的时候
某个季节的某个炎热的时辰
我抬头看了眼女孩子
最初是胡子始终不好意思长出来
我背着初中课本在邻居细妹的门前徘徊
后来我一顿饭能吃三大碗米饭加两个菜
细妹没来相会　我横下心闯荡了十年世界
我挺着胸膛　蹬着蒙古靴
从细妹的窗前经过渴望那双明亮的大眼睛
阿童木飞到我的怀里撒娇
一个没长乳牙的小孩子跑来和我交涉
犯不上和这小孩子争什么

寻儿子的就是你吗？细妹
你现在正儿八经是媳妇是阿童木主人的妈妈
我这么多年的牵挂用你的万国旗也写不清楚
可你幸福得多　只是没有了那时的苗条清秀

我还得走　细妹　你认不出我了
我还得走遍天下干我要干的事
天南海北已让我静不下心
姑娘们熟悉我　如熟悉她们无望的男人
我童年的枪下统治了陆海空三军
我长大后的心里已容不下一个女人

力涉大川

在黄土高原的背景下
在群山环抱的深谷里
珍贵的雨天来临了
飘荡起诗人沉醉的思绪
这宁静中的喧哗
拉长了眼睛的距离
诗人的额头流动着生命之河
愈是远去愈是熟悉
氤氲的水雾正激促着
他久未动情的深呼吸

……大川横亘
平原散发浓郁
犹如佳酿的味香
萦绕上苍无法支配的田地
这泥土是辉煌的
大川的恩赐，无论旱涝
人民都幸福欢乐无与伦比

……在引擎的颠簸声里
诗人漂泊的公路变为大川
大川的一阵翻腾

清醒他幻觉的神经
一条河流是界限
划分地域让他脱离水族
去往高阔的土地上匍匐
完全是两个世界
一方平坦肥沃
一方贫瘠崎岖

力涉大川
阵痛之后康复的快感
脱鳞之后的轻盈若仙
诗人，他的文笔和思想
完成着一部潇洒的诗剧
看这巍峨的群山
看这龟裂的土地
就如亲兄弟一样
张开了拥抱的双臂
力涉大川
生命就是一条流动的河
去开垦，去浇灌
去播种，去孕育
平凡而伟大
自然而壮阔

城市之蝉

我鸣叫
在你们的思想的枝头上
跳跃　嘲弄
我观赏你们沉重的脚步和视线
在寻找我的过程中疲惫不堪
天空的海洋漫过
楼群的阴影覆盖着你们
我鸣叫得声嘶力竭
艺术地变幻着声调
这正是你们的弱点
借助一切
又被一切玩于股掌
而我
遥远的家园
渐渐地唱归

长啸野外

体内的浮躁由来已久
它早被血液淹埋
发自于心地语言
经常苍白地变调
轰动性的演出
动作和表情提前规范
或模仿名家
人流芸芸庞杂
必须低声下气地生活
缘此　创造性细胞
纷纷解体

走出野外长啸
且可以舞蹈
这是多么快意的一部分
创造由此裂变生成

而大地的荆棘点面交集
阻碍着出神入化

冬日的蝴蝶

在严寒的冬季　城市里
曼舞的雪花
使我看见蝴蝶飞动
冬日的它们
如欢聚我的生日
纷扬　于温暖的心灵

那春天的翩翩振翅
给我丰富的感情和幻想
高尚的躯体和灵魂
是多少启示般的象征
美丽飘逸自由
又久远地不肯离我而去
只能让我这在冬日出生的孩子
难以企及

西部城市和长城

西部城市紧紧靠着长城
西部城市的居民都登过长城
西部城市是长城最新的后代
这里的人都维护长城
长城很老长城的名声很震
长城在黑皮肤白皮肤的眼里很红
长城牌汽车　长城商标的滑雪衫
长城杯足球赛长城上的旅行
长城使西部城市日益繁荣

而西部城市有自己的思想和精神
气度不凡血液新鲜地流动
它站得高看得也远
高原已装不下越来越宽广的心胸
这心胸的脉管伸出了长城
伸到了平原大海和世界
伸到了市长理想的设计　未来的远景
哦　这猛长的西部城市
依在长城的胸膛成长
却比长城更加开阔恢宏

城市，有一部影片将要开拍

我们从小生长在城市
生长在大街小巷排列的镜头里
熟悉她就像熟悉自己的父母亲
从幼儿园里蹦跳着跑出来
小燕子合唱队银河演奏团
和仍在上演的青春交响乐证明
城市的荧屏上我们曾和观众见过面
沿着美人蕉砌成的岁月
波动着电视大楼的骄傲
年轻的脚步走在城市的安逸中

然而远方的季节河惊醒了城市玫红色的梦
惊醒了我们思维程序的平衡
喧哗声中高原与群山推向近景
无边无际的西部风吹动着落日的庄严
身后的路不含蓄地袒露着平坦

于是　一部影片就要开拍
我们是导演也是演员
给未来重新布景

平原之声

如我故乡松辽的坦荡
却无我故乡土地的黝黑
秋天你泛黄
看沉重的落叶坠落
我仿佛听见西风起于高陆的喧响
候鸟缩着脖子飞向远方
黄河迟滞走路摇摇晃晃

想脱下风衣
让你潇洒地穿上

大坝

水库那厚厚的手掌
潇洒地扼腕一拒
大坝　挥着河套的巨扇
扎着黄河的腰带
书生般朝歌晚吟
它是西北第一位新科状元

秦汉唐徕东西干
五指弯弯曲曲
富有律感
斗渠毛渠的垄边
我是又一茬庄稼
等待大坝抽穗

汛期来临
我在看大坝
抽水烟时的幽默劲儿

沙湖一日游

波浪　细腻的柔荑
指尖触摸你的双脚
儿时邻家的伙伴
抠你的脚心　舒痒
南风撩动　它丰满起来
乳房一样裹住你
十岁　还想在母亲的怀里吸吮
为此　你羞涩了多年
现在　得偿所愿

你稀疏的头发 水中
浮萍般散开
波浪　从额头皱纹流过
露出你年龄的跑道
它跑得极快
履历封面至封三
从出生的浴盆冲向老年的湖岸

暮春的鄂托克草原

暮春的鄂托克草原
草　稀疏的像三毛
一只鸟要降落下来
双翼强烈地　震动了数次
草　勉强搂住它的腰
几群羊漫无边际地游走
有蚂蚁　啃着它们的腿
不舍得扔掉
夜幕垂临
三碗垫底已不能够
祝酒歌唱的蒙古包
在风里哈哈大笑
早晨　摇摇晃晃的歌声
从蒙古包旋出
鄂托克草原
依然醉得一塌糊涂

离蒙古包很远的地方有一个草场

父亲的父亲发现了那个草场
在离蒙古包很远很远的地方
要经过无数个山谷和河流
还有沼泽地还有戈壁滩
不过父亲在接过祖传的马鞭时没有犹豫过
无数次被暴风吹打受伤后没有后悔过
在一座山下快要死去时没有恐惧过

从勒勒车跳下的儿子很沉默
他与女友的爱根本不充满诗意的成分
如果他愿意便可以拥抱她　然后
吞口烟圈堙没对方的羞涩
他骑的马是父亲留下的　很长时间
没有让它在草原上再跑一阵
他怕它会因为看见山而流下眼泪
他怕它会因为看见山而无力倒下

像父亲那样爱喝酒不过烈味减了
儿子的眉头比父亲紧得多了
他望着降落大雪的远山
想起了父亲的脸
想起了祖传的马鞭

想起了那个草场
那个离蒙古包很远很远的地方
想起了赛马场和男人的胸膛……

绝不是亲吻女友时的那种冲动
他赶着马群
驰向远山

一个人站在拴马桩前

很多年了
她就这么孤独一个人站在拴马桩前
朝远方的草场望着
任凭风雪浇打
她仿佛感觉不到四季在变化

她想起了年轻时的那次相会
想起了马头琴和情歌的日子
想起那撮大胡子扎在脸上
刺激的连心都无力膨胀
她清楚地记得姐妹们的嫉妒
那个套马杆把她搂在怀里
使世界的喧嚣都消失的时候
在她刚刚感到蒙古包很温暖
他赶着羊群远去的时候
没想到她的英雄会在大山前摔了跟头
没想到峭壁也未使他的脚步停止

就这样她一个人孤独地站着
许多年了谁也劝不住她
她没有变成望夫石
却使远山渐渐融化

盐池草原的一部分

我在草中　边咀嚼边躲藏
但草原越来越浅
它仅遮住了我的蹄印
拯救不了胆怯的眼神
啐啄同时　一只刚出壳的鸟
随母亲迅速飞上天空
拒绝了草原狐的尖牙
我没有翅膀
也没有田鼠四通八达的洞穴
回避狼　钢夹　猎枪

大哥大姐们
包裹一样甩上了车箱
包头　银川　北京　呼和浩特
饭桌上　撕咬　装入
另一群狼的胃部
草原自有它的忧伤
家园的孩子从未能在怀里
安静地咂着乳头
秋季的鸿雁　一声声
唤来　西北草原的凄凉
我　即将被甩上车箱

草原深黄　疏松的砂砾拉不住
我的望乡　明年
弟弟妹妹们
也将陆续离别
草原　如此辽阔的草原
竟装不下生存需求小小的主人

草原上的人们

赛马会年复一年
草原上的人们年复一年

在人群最后最后的地方
站着一个瘸腿的骑手
他曾经是赛马会上让人们激动很久的英雄
然而仅仅由于一个暴风雪之夜的失误
便让他只能站在最后最后的地方喝彩
男人们都可以在赛马会上显露一番
他是个男人但他不能跨上马背这多么遗憾
不会有谁去注意他去记起他
草原上的汉子需要的是永永远远的骑手
他们刚毅如石心上长不出乱麻麻的怜悯草
不远也不近的帐房前
站着几个女人她们知趣地站在那里
不敢高声说一句话却总流露着兴奋和不安
女人们望着他指指点点　大概
只有她们才忘不了他
曾经是一个让人激动的英雄
曾经是她们心中的一座山

火车司机和儿子们

所有人都有辉煌的络腮胡子
从抗联跨过鸭绿江直到后来越长越密

他们开始结缘的西北铁路线上
风沙如脾气暴戾的西部新娘
常常纠缠他们使他们丢掉正点的奖金
强烈的征服欲终让它退缩
让它呜咽着躲远了
这时间他们便在某个车站放开水箱
饮自己心爱的铁马
待到绿色信号灯闪现
他们便立刻抛下简易饭盒匆匆而去
卫星般在铁轨上绕着地球运转

小站一闪就过去了
妻子凝望的目光一闪就过去了
一闪而过的还有美丽的青春
旺盛的中年
他们的儿子走来走到身边来
儿子们从小就懂得火车是前进的动力
从小就能在车速三十公里的
车厢跳上跳下

他们在火车旁盼望许多年了
盼望父亲将启动阀交给他们
将生活无规律的倒班交给他们
将星稠人稀的夜晚交给他们
将孤独的旅程无休止的小站交给他们

儿子们来自不同的地方
汽笛声是他们熟识的语言
儿子们所以敢握住父亲信任的大手
因为他们驾驭的是当代的火车头

你不会给孙子讲故事

你常领着孙子在路基边不停地走着
走的太阳睡着了孙子也睡着了
你不会给孙子讲故事
不会讲让他们伏在桌上入迷听着的故事

你是个老巡道工
是个打过仗护送过军列的老巡道工
你当过兵　筑过路　你的胡须很硬

你来到这里时火车只停了一分钟
一分钟后孤零零的你把行李扔进了小土洞
摆动信号旗走上了路基不停地走下去
你的眼睛几十年安全地固住了路轨
你的绿色旗让司机们的汽笛兴奋地致意
你绕着你的太阳转成了卫星
走了多少万里的路没有谁算得清

现在火车在这里能停十分钟
现在这里已经是一个大城市
你摸着退休后还很硬的胡子
像熟悉孙子一样抚摸着渐渐长大的城市
看着机械化的指示灯闪闪亮亮

你的心激动地跳动不止
儿子是另一个只停一分钟的小站巡道工
他迈着比你更坚定的脚步自信地走着

你的孙子没听你讲过故事
你的孙子听很多人讲你的故事

小站上的婚礼

在深沉悠扬的《婚礼进行曲》中
一对新人高雅地走来
他们幸福的婚礼上摆着朴素的喜酒喜糖
朋友们自办的乐队节奏激越
有列车驶过叮叮当当
成为立体声的定音鼓点又传向远方

他们都不年轻了
开始是没有一间举行简单仪式的新房
小站很穷　穷的老站长和他刚来时
见到的那棵孤零零的老杨树很难堪
而因为小站
她的父亲也板着沙灰色的面孔
他们一拖再拖
订婚时种下的十棵白杨都飘飘扬扬了

一段时间他们伤心地操心彼此的前程
可那十棵树下
单身的老站长和孤零零的老白杨已近暮年
小站　小站牵引着他们的生活

他们站在一起紧紧拥抱了

这力量让她的父亲感动不已
这力量让孤独的小站有了生机

小站上举行了隆重的婚礼
十年前种下的十棵白杨披着浓密的阳光
他们又种下了十棵白杨
种下了在小站共度春秋的绿茵

有一双眼睛永远迷人

公寓里的周末舞会是迷人的
你邀请她时彩灯正亮得发狂
你认识她很久了
很久了她不说一句
你注意到她的大眼睛
那双大眼睛和舞会一样迷人

她是个乘务员态度很好
和外宾跳过舞舞姿很美
同大家都合得来温柔极了
那些爱发脾气的司机们
看到她会说话的大眼睛全文明起来
为了她你曾彻夜难眠
在餐车在公寓急切地等待
等待她轻轻走向你
用她的大眼睛和你攀谈
你的火车开得很棒
每次运行总要闪现大眼睛
像闪现的绿色信号灯
在心中热烈地通过

但你很长时间不参加周末舞会了

你知道她有丈夫　她的丈夫
为从车轮下救出一个男孩失去了双腿
你长吁了一口气说世界很大
周末舞会仍很迷人
她那双纯洁的大眼睛总是寻找一个人
你终于又平静地邀她起舞了
她柔情似水的眸子善良地安慰着你
乐队在演奏　演奏
《如此美丽的人生》

邻居的生活状态

一只弹弓　几只鸟
斜挎的书包
两次爱情与五次失恋
下岗与吃过低保
脸上的皱纹比心上的少

这半生　学会了几句英语
发明了一个丫头
制造了两次人流
握过一次区长的手
现在不定时工作　八楼的蜘蛛人
看一个漂亮姑娘走的像猫
另一个紧身裤裹着青蛙的腿

做保姆的妻子
读高中的女儿
洗衣机和课本　平静的轨迹
洗涤剂擦亮城市的脸庞
领取足额的工资
生活　缴够社会保险
八楼　望见贺兰山
得翻过去

我发明的筷子

功能卓著　能夹起任何物

黄河一带的树木
切在某处的峡谷
装机容量就是几双筷子
把大坝当做龙门的鲤鱼
夹住后在刀片下翻飞
为美感摆出各种形状和图案
内脏与刀片喋喋不休
鱼鳞躲闪着劝架
在石嘴山的瓷盆里
食客的筷子在红烧的汤中漱口

尤其南方的竹林
砍伐　制作刚硬尖锐的
海陆空均无漏网
坐在飞机上扮一只肥美的天鹅
朝下俯瞰
无数的筷尖指向你
无数待哺的乌鸦锋利的喙

垂钓

青草　割破了垂钓者的腿部
血　第一次令它们颤抖
在风中躲躲闪闪
掩饰锋利的齿叶
人　凶蛮侵入它们的领地
代价是血和蚊虫的驱赶
微不足道

一只鱼钩在青草上空划过
落入水　一米五到三米
钓鱼的理想水域
在与水接触的刹那
水　感到疼痛
随后　包裹住伤口
虽然愈合较快　疤痕
一道道地向四周扩散
沙砾　淤泥　碎石
都被侵入身体的金属撞击
灼热而躁动不安
不断翻动微生物　并雾化鱼钩上的饵料
推出能掩护自己的目标
鱼　就游过来

贪婪地吸住　鱼钩
迅速刺痛它的嘴唇
疼痛远远超过惊恐
摆脱的可能性不大
在于钓手对时间的掌控
如果注意力仍在青草割破的腿部
鱼　借助于水及沙砾
淤泥碎石或其他障碍物
消弭暂时的疼痛　求生而去
但　青草的力量太微不足道
鱼　大都在渔竿渔线的作用下
由抄网所擒　关进鱼护
鱼　瞬间又呼吸到水
却很滚烫　有煮熟的绝望

青草　它们没有挡住垂钓者
水　沙砾　淤泥　碎石
包括岸边的树丛
大自然的一部分
就这样让垂钓者　败坏
疼痛不堪

枸杞是飞舞的动物

连绵无垠的红嘴动物
它们聚在一起不是讨论食物
亦不比其他群聚者
总是窃窃私语
或为推举领袖和主角而争斗
它们是优秀的族群
最高贵的只生长在宁夏中宁一带

能和风雨交谈
能和炽炽烈日打成一片
还有戈壁还有河岸
它们是情商大师
与所有的邻居和睦相处

春天　连绵无垠的红嘴动物
飞起又落下　优雅的弧线
饮足朝露月华
夏秋时节它们丰盈性感
红嘴的动物 瓜瓞不绝
随时唤起亲吻的冲动

在食物药物里

它们一直在挑逗
亲吻你的红嘴动物
一千年仍在亲吻你
你的情感陷入其中不能自拔

隔岸草更青

阳光　站在我跟前
它轻轻地拂去我背影的风尘
它滑向草丛
把几颗露珠摘下
递到我的脚尖
它跳到河里
眨着风流的眼睛　一闪一闪
浮萍的睫毛幽深

线虫溜进右边
毛虫窜入左边
麻雀在阳光间蹦来蹦去
阳光下没有食欲
箭一般射往对岸
蜻蜓抖着翅膀
在阳光的缝隙中舞蹈
观众太少
箭一般射往对岸
蝴蝶兰和张开嘴唇的蝴蝶亲吻
羞怯见我　或我打扰了爱情
箭一般射往对岸
大片的树飘起华盖　在对岸

聚拢着阳光的叶片大声喧哗
河水的声音和鸟鸣
也被遮住

隔岸草更青
困惑我多年的一次次旅行

跋：青鸟西去意未回

1993年至今，二十多年来我只写了二十几首诗，除1997年在《银川晚报》上发表祭奠母亲的《爱在四季之外》，我没有向报刊投过诗稿。但二十多年来，我一直大量地阅读。对于阅读，我秉持着谨慎和克制的态度。

王安忆大意说过：我对新诗持有怀疑。有许多人在怀疑，我也是其中之一。白话文小说、散文自唐朝起始，与近、现、当代的小说、散文是一脉承继的。新诗的祖先是谁？宋词元曲不是，打油诗更不是。是西方的自由体吗？我们当然不予认可。一百多年前的一场运动，中国古体诗的龙脉几近斩断。虽有一批批的接续者，但新诗成为主流已不可逆转。中国新诗应是以中国文化及古体诗词为根为本，古体诗向新诗的演变做得比较好的，是台湾的诗人们，余光中、哑弦、郑愁予、席慕蓉、洛夫等。但台湾新诗的河水载不起中国新诗的航空母舰。

动辄西方诗人和理论，每个诗人都玩起深沉，每个诗人背后站着一个或几个西方诗人。他们临摹他们嚎叫，他们主义他们思潮，他们“学院派”，成功地占据各个文学刊物，成为诗歌编辑，同时他们也易于发表。“口语诗”和“下半身”写作对“学院派”作了反动和颠覆，但口号和理论大于作品。各派指向的路径相悖，一时不能让我们求同存异。

欣喜地看到，21 世纪开始的新诗，既是如同奥卡万戈湿地一般内聚的，又是巴西高原那般放射的，最终呈现的将是万流归宗的状态。我体察在这个世纪的前半叶，新诗会有一个坚实的理论归纳和支撑。

我肤浅地理解的新诗：一是必须有背景的写作，这是踏实写作的依靠，它会延展出成就优秀作品的可能。二是精到的语言的写作，诗人应当高超地掌握和驾驭母语并精准使用，如能熟练地操作外语（请允许我说，译作不太靠谱），将得天独厚，如同歌唱家的音准、张力、控制等。诗人要有足够的才华，具备创造的功力。仅有勤奋是不够的，很可能沦落为一个“诗匠”贻害诗坛。语言运用的拙劣，会导致诗歌失去本味。三是需要技术的写作，诗歌的内在与外在诠释，即节奏感、韵律感，涉猎的文史哲厚度，生活、精神、灵魂上的直接或间接体验等等。四是诗人应有大爱大悲，对万物产生强烈的关怀和关照。

这部诗集，让我失散多年的诗的兄弟们聚会了。其中若有几首能够引发阅读者的赏识，便是我的欣慰。

诗集共分三卷：卷一，因与贺兰山相伴数十年，它在我的世界里是动态的，忽近忽远的，亲和的，牵手的，以“贺兰山舞步”为题。卷二，我在六盘山区工作的一年多时间里，像在它弯曲的山道上笨走的青年或中年，时不时拎起一块石头、土疙瘩、牛粪蛋，甩向山沟；时不时拥住羯羊的脑袋、驴的脊背、土豆和麻籽，用酒碗装下它们的脾气，我对六盘山仍然情有独钟，以“六盘山之痒”为题。卷三，映照的是我大学时代的写作倾向，校园、草原、城市和我从小生活的铁路线两侧。借用荷尔德林的一首诗的题目，以“过去和曾经”为题。每卷各选诗三十首。

感谢宁夏诗歌学会的抬举。

感谢高嵩、秦克温、征明万、赵福辰、陈幼京先生和左侧统、徐幼平诗友的护佑，他们已在天堂，我在俗间深切缅怀。

感谢贾长厚、王庆、刘国尧、余光慧、赵明、李云峰、马乐群、饶恒久、毛同悦、高深、阿红、张书绅、鄢家发等老师的指导、鼓励、扶持，让我的人生有了诗歌光芒的照耀。

感谢杨梓、葛林、马钰、薛刚、导夫、杨云才、贾羽、马宇桢、戴凌云、张强、杨森君、白唱万、白军胜、权锦虎、米雍衷、单永珍、蒋文玲、陈继明、张子选、蓝角、贺海涛等诗友的指点、帮助、传导，让我生活圈的半径放大进而丰盈充实。

特别感谢张铎繁忙间拨冗为此集作序，兄弟情谊山高水长。

2016 年中秋节于银川